Christian Berg   Carola |

Tamino Pingüino

y el asunto del huevo

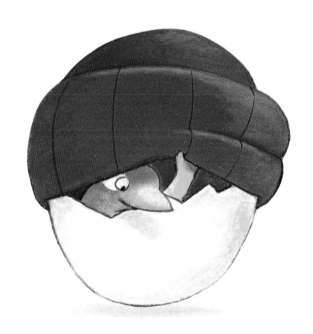

Juventud

Una hermosa y fría noche del invierno antártico, Tamino Pingüino y Nanuma Pingcesa estaban sentados en un témpano de hielo y miraban hacia la luna enamorados.

–¡Ah, Nanuma! –dijo Tamino–. Te quiero tanto. Te quiero más que a nada en el mundo.

Nanuma le dio un beso en el pico.

–¿Te gustaría tener un bebé pingüino conmigo cuando seamos mayores?

–¡Oh sí! –contestó Tamino sin dudarlo–. Pero ¿de dónde vienen los bebés pingüinos?

–Si no sabes eso, querido Tamino, sería mejor que volvieras a jugar a pingbol con tu amigo Bobu en vez de estar con chicas pingüinos. ¡Buenas noches! –dijo Nanuma enfadada y se fue dejando plantado al sorprendido Tamino.

PARA MATTHEUS KONSTANTIN

La idea de este libro nació el día en que él nació

Autores: Christian Berg y Carola Holland
Título original: TAMINO PINGUIN UND DIE SACHE MIT DEM EI
© Thienemann Verlag (Thienemann Verlag GmbH), Stuttgart/Wien 2003.
© de la traducción española:
  EDITORIAL JUVENTUD, S.A, 2003
  Provença, 101 - 08029 Barcelona
  info@editorialjuventud.es
  www.editorialjuventud.es
  Traducción: Christiane Scheurer
Primera edición, 2003
Depósito legal: 13.911-2003
ISBN 84-261-3301-0
Núm. de edición de E. J.: 10.192
Impreso en España - Printed in Spain
Egedsa, c/Rois de Corella, 12-16 - 08205 Sabadell (Barcelona)

Hola, Tamino –dijo de repente una voz conocida.
Tamino vio en el océano glacial a su vieja amiga Yubarta,
la ballena jorobada, echando pequeños surtidores
de agua por los aires.

–Buenas noches, Yubarta, cuánto me alegro de encontrarte.
¿Quizá me puedas decir de dónde vienen los bebés pingüinos?
Yubarta se puso colorada y movió su enorme aleta de un lado
a otro, de arriba abajo, y otra vez de un lado a otro.

–Ejemmmm... pues... buena pregunta, Tamino, pero... ejemmm...
ahora que lo pienso, me doy cuenta de que no lo sé muy bien...
Será mejor que lo preguntes a tu papá.

Dicho eso, la ballena se sumergió y desapareció.

Papá Pingüino estaba mirando las noticias de la pingüivisión cuando Tamino irrumpió en el salón:

—Dime, Papá, ¿de dónde vienen los bebés pingüinos? —preguntó.

—¿Quieres saber de dónde vienen los bebés pingüinos? Buena pregunta, pero ya es muy tarde y tendrías que estar en la cama hace rato. Más vale que lo preguntes mañana a tu maestra, la señora Foca. Ella te lo sabrá explicar.

—Pero Papá... —replicó Tamino.

—No hay pero que valga —dijo Papá Pingüino severamente—. ¡A la cama, venga!

A la mañana siguiente, Tamino se encontró con su amigo Bobu de camino a la escuela y le preguntó si sabía de dónde venían los bebés pingüinos.

–Claro –dijo Bobu–. Los trae la ballena jorobada. Me lo dijo mi abuela.

–¡Vaya cuento te ha contado! Ni Yubarta, la ballena, sabe de dónde vienen los bebés pingüinos. Tendré que preguntárselo a la señora Foca.

Un poco antes de terminar la clase de pingología, Tamino se armó de valor y levantó la mano.

–Tengo una pregunta, señora Foca.

–Adelante, Tamino –dijo la maestra–. Me gusta mucho que me hagáis preguntas.

–Me gustaría saber de dónde vienen los bebés pingüino –dijo Tamino.

–Pueeees, esto... ejemmmm... ¡esto lo estudiaremos el año que viene! –contestó la señora Foca y suspiró aliviada al oír la campana.

«El año que viene será demasiado tarde –pensó Tamino en el camino de regreso a casa– porque quizá por entonces Nanuma ya no querrá hablar conmigo.»

De repente, se le ocurrió preguntárselo a su mamá. Mamá siempre tenía una respuesta para todo.

Al llegar a casa, Tamino se fue a la cocina para ayudar a su mamá a preparar la comida. Se acercó a la mesa y le preguntó:

–Mamá, ¿de dónde vienen los bebés pingüinos? ¿Me lo querrás decir, tú?

–Claro que sí, ¿por qué no?

–Porque todos los adultos a los que he preguntado, han dado unas respuestas muy raras, como si tuvieran vergüenza.

La mamá de Tamino se puso a reír y dijo:

–¿Sabes por qué, Tamino? Porque quizá tenían miedo de explicártelo mal.

–Pero ¿tú me lo vas a contar igualmente?

–Lo intentaré –dijo Mamá–. Tú sabes lo que es el amor, ¿verdad?

–Claro, es cuando sientes ese cosquilleo en la barriga y te gusta tanto que no quieres que se vaya nunca.

–Exactamente. Y ahora, escúchame bien, pues lo que quieres saber tiene mucho que ver con el amor.

Tamino se arrimó cariñosamente a su mamá. Ella se tomó un sorbo de agua helada y empezó a contar:

Cuando tu papá y yo nos conocimos, éramos muy jóvenes y estábamos locamente enamorados.

Pensábamos todo el día el uno en el otro y estábamos pingüinamente felices cuando nos veíamos.

—¿Como Nanuma y yo? —interrumpió Tamino.

—Como Nanuma y tú —confirmó Mamá—. Estábamos felices y el cosquilleo en la barriga fue cada vez más intenso y agradable. Nos besábamos tiernamente, nos abrazábamos y estábamos pungüinamente enamorados.

—Y después, Mamá, ¿qué pasó? —preguntó Tamino.

—Un día tu papá y yo estuvimos completamente seguros de que nuestro amor ya no cambiaría y que queríamos estar juntos para siempre.

—¿Entonces fuisteis a buscar un bebé pingüino? —preguntó Tamino.

—No corras tanto, Tamino, vayamos por partes. Sigue escuchando.

Entonces pasó algo extraño con nosotros, algo que no habíamos conocido nunca. El cosquilleo en la barriga no hizo más que aumentar. Nos mirábamos y nuestros sentimientos crecían cada vez que nos mirábamos y cada vez que nos tocábamos. Éramos muy felices y estábamos muy contentos de tenernos el uno al otro.

Y entonces, nos abrazamos como nunca antes nos habíamos abrazado. Nos acariciamos y nos besamos y sabíamos que algo muy especial estaba pasando porque nunca antes habíamos estado tan cerca el uno del otro.

nos días después puse un huevo y supimos que íbamos a tener un bebé pingüino.

Papá y yo nos sentamos muy orgullosos sobre el huevo para empollarlo. Día tras día, noche tras noche. Fue bastante duro. Nos turnábamos para dormir. Durante muchos días no pasó nada, y tu padre y yo empezamos a preocuparnos.

Un día, por fin, el huevo se movió. Papá y yo lo miramos ansiosos, preguntándonos qué iba a ocurrir. Se oyó un primer crujido, luego otro y la cáscara se agrietó. El huevo se movió un par de veces de un lado para otro y finalmente la cáscara se rompió. Apareció un pequeño pingüino gris, piando y tiritando, que miraba a su mamá y a su papá con asombro. Estábamos felices y te llamamos Tamino.

Durante las siguientes semanas, nos turnábamos para darte calor. Mientras uno estaba sentado junto a ti, el otro iba a buscar comida para toda la familia. Creciste y creciste, aprendiste a andar y a nadar, eras toda nuestra alegría y lo sigues siendo y siempre lo serás, Tamino.

Oh! –suspiró Tamino–, ¡qué historia más bonita! Gracias, Mamá, ahora ya sé todo lo que tenía que saber y Nanuma ya no se enfadará conmigo.

–Ha sido un placer, hijo mío –dijo Mamá, y le dio un gran beso.

–Oye, Mamá...

–¿Sí, Tamino?

–¿Y de dónde vienen los pequeños humanos?

Mamá estalló de risa.

–Eso, Tamino, ¡es algo que los pequeños humanos han de preguntar ellos mismos a sus papás!